AF394923

Début d'une série de documents
en couleur

ALEXANDRE WEILL

Nouvelle édition considérablement augmentée.

SI J'AVAIS

UNE FILLE

A MARIER

PREMIER VOLUME

PARIS

E. DENTU, LIBRAIRE-EDITEUR

PALAIS-ROYAL, GALERIE L'ORLÉANS, 13

1876

ALEXANDRE WEILL

Œuvres éditées et inédites

30 centimes le volume

ONT PARU :

DIVERS

Selmel.
Le Don Juan de Sesenheim.
La petite Femme grêlée.
Le Prince juste.
La Reine de soie et la Reine de fer.
Le Roman d'un mariage.
Un Drame d'amour.
L'esprit de l'esprit.
Si j'avais une Fille à marier, 2 vol.
Moïse, le Talmud et l'Evangile, 4 vol.

VONT PARAITRE :

ROMANS

Udilie.
Frony.
Lory.
Kella.
Braendel.
Couronne.
Emeraude.

HISTOIRE

La Guerre des Paysans.
La Guerre des Anabaptistes
Dix mois de révolution (depuis le 24 février 1848 jusqu'au 10 décembre).
De l'Hérédité

POLITIQUE *(Après la avant la Parole | Parole.)*

Génie de la monarchie constitutionnelle.
La République nouvelle.
Mes Décrets, ou les Devoirs de l'homme.
La Parole Nouvelle.

PHILOSOPHIE

Mystère de la Création (traduit de la Kabbale).
Lois et Mystères de l'Amour (traduit de l'hébreu).
Hymnes de l'Ame.
Sur le Bûcher.
Philosophie du Rêve.
L'Idéal.

POESIE

Amours et Blasphèmes.
Les Croquants financiers.
Le Nouvel Isaïe (inédit).

PAMPHLETS

Mon Syllabus.
Mes contemporains.
Mes Conférences au café de Madrid.
Mes Chassepots.
Le Justicier.
A Nous Deux.
Hommes noirs, qui êtes-vous?
Ni Papisme, ni Athéïsme.
La Méprise d'Hernani.
Les Français idolâtres ou athées du XIXe siècle (inédit).
Mon Journal du théâtre.
Lettre de Vengeance d'un Alsacien.

THEATRES

Un Monde nouveau.
Les Emigrés d'Alsace.
Les Bourgeois de Paris (inédits).
L'Ecole de Montreux (inédite).
Une Leçon (inédite).

DIVERS

Si j'avais un Fils à élever. (considérablement augmenté.)
Ce que deviennent nos Filles
Au sortir de l'enfance (inédit).
La vie de Schiller.
L'Homme de Lettres.
Mon Enfance.
Mon Adolescence.
Mon premier Amour.
Mes années de Bohême (inédites.
Pensées crochetées et salées (inédites).

Tout ce que j'ai écrit et pensé appartient au domaine public après ma mort.

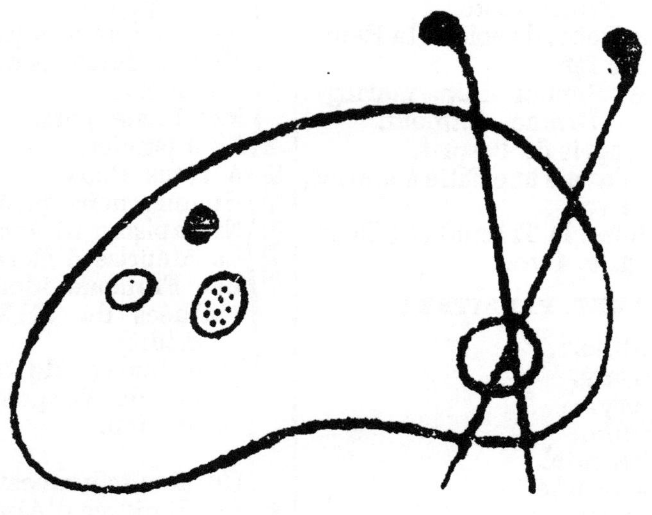

Fin d'une série de documents
en couleur

ALEXANDRE WEILL

—

Nouvelle édition considérablement augmentée

SI J'AVAIS

UNE FILLE

A MARIER

PARIS

E. DENTU, LIBRAIRE-ÉDITEUR

PALAIS-ROYAL, GALERIE-D'ORLÉANS, 13

—

1876

BIBLIOTHÈQUE NATIONALE — R.F.

DÉPÔT LÉGAL — Seine — N° 3706 — 1876

PRÉAVIS

—

Ce livre ne sera lu avec fruit que par des femmes honnêtes et des hommes d'honneur. Une femme, une jeune fille, qui ne serait pas strictement vertueuse ; un homme déloyal, soit dans les affaires du monde, soit dans ses rapports avec la femme, ne le lira pas sans avoir les nerfs agacés, crispés. Il y a plus. Un sot, une sotte ne le lira pas sans danger.

Jugez combien est restreint le nombre de lecteurs qui me restent.

Mais alors — dira-t-on — pourquoi avez-vous écrit ce livre ?

C'est que, selon moi, un livre est un être individuel ayant une âme (la pensée) et un corps (le style) à soi.

Si cette âme est noble, si ce corps est sain, vigoureusement constitué, si le tout est logique, c'est-à-dire, créé d'après la *Loi* qui préside à toute création, le livre grandira et vivra.

Sinon, ou il est mort-né, ou malgré un immense

succès de précocité, il s'éteindra dans l'oubli du néant.

La mère qui a conçu est-elle libre de ne pas mettre au monde le fruit de ses entrailles?

Certes, Dieu a attaché un grain de volupté à toute œuvre de création. Mais c'est là tout. Le reste rentre dans le domaine du devoir accompli, que l'enfant soit beau ou laid, malade ou bien portant, un génie ou un crétin !

Va donc, ma fille, au risque de périr au seuil de la vie, à la recherche de parrains et de marraines. Quant à ton père, n'y compte plus. Il t'abandonne pour ton frère cadet, comme il a abandonné pour toi tes sœurs aînées, qui te valaient bien.

ALEXANDRE WEILL.

SI J'AVAIS

UNE FILLE A MARIER

I

Te voilà grande fille, ma chère enfant. Tu sais avec quel soin, avec quelle sollicitude ton père et ta mère ont veillé sur ta santé et sur ta raison, car la santé, mon enfant, est la seule beauté réelle du corps, de même que la raison est l'unique santé de l'âme.

De bonne heure, tu as appris à lire et à parler les langues des peuples qui tiennent un rang dans l'histoire moderne de la civilisation. Non-seulement tu connais le précis historique de ton pays, mais encore je t'ai appris les événements les plus remarquables de l'histoire universelle à la portée de ton intelligence, qui, bien que précoce, ne pouvait pénétrer dans la moelle philosophique des causes et des effets.

Mais, puisque te voilà jeune fille, puisqu'à la rigueur tu pourrais te marier, il est temps que je t'initie à la vie, c'est-à-dire à l'histoire physiologique de l'homme et de la femme, histoire qui est l'âme de la société et partant de l'humanité entière.

II

Parfois, ma fille, il me semblait avoir découvert sur ton front un rayon de satisfaction personnelle, quand tu venais me réciter par cœur les leçons d'histoire, de langue et de géographie dont j'avais chargé ta mémoire. Conviens-en. Tu étais fière de ton esprit, de ta facilité d'apprendre. Tu n'étais pas exempte de vanité, même devant ton père.

A l'heure qu'il est, tu te crois une savante, parce que tu ne fais plus de fautes d'orthographe et parce que tu connais les dates de l'histoire, ainsi que les noms des fleurs de jardin et de prairie. En te comparant à ta compagne, la fille du notaire, tu t'enorgueillis; non pas, je te rends cette justice, parce que tu as des dents plus blanches

qu'elle, mais parce que tu sais dire en alle-
mand et en anglais : « Donne-moi un mor-
ceau de pain.

Noble fierté que celle de la science !

Mais hélas ! tu ne sais absolument rien,
car tu ne connais pas la société dans laquelle tu dois entrer. Tu as tout à apprendre,
et la plupart des femmes, ma fille, dépensent
leur jeunesse et gaspillent leur bonheur pour
acquérir cette science de la vie, qui n'est
autre chose que la connaissance de soi-même.
Tu ne te connais pas. Tu ne te soupçonnes
même pas. Tu ne sais pas ce que c'est qu'une
femme, et il faut qu'avant de te marier,
tu apprennes ce que c'est qu'un homme.
Crois-moi, mon enfant, faute de cette
science, à moins d'une grâce toute particulière d'en haut, la femme est vouée au hasard, presque toujours au malheur !

III

Tu es née, chère enfant, dans un pays qui
a l'idée la plus fausse de la femme. Aucun
principe professé sur la femme, soit par les
savants, soit par les poètes, n'est conforme

à sa nature. Les romans.les plus frivoles ne sont pas aussi dangereux pour une jeune fille, que l'opinion de nos femmes du monde et même de nos hommes sérieux sur la femme.

Il y a longtemps que les Français ont essayé d'établir, en théorie, la parfaite égalité physique de l'homme et de la femme (1). Ils n'ont pu mettre cette théorie en pratique, autant vouloir tenter l'impossible, mais toutes les folies sociales, toutes les extravagances romanesques, tous les paradoxes lit-

(1) Bien que je t'explique plus loin ma pensée je veux tout de suite, afin de prévenir tes observations, te dire que l'égalité morale et intellectuelle est absolue entre les deux sexes. De même que le père, fruit de sa mère, est le créateur de sa fille, de même, dans l'évolution des êtres spirituels, les deux sexes s'engrènent, s'engendrent et se complètent mutuellement. Les âmes doivent même alterner l'une avec l'autre, car comme il n'y a qu'une seule force créatrice, il n'y a non plus qu'un seul procédé de créer, pour l'esprit comme pour la matière. De là vient qu'une femme accomplie est une âme d'homme dans un corps féminin, et un homme supérieur une âme de femme dans un corps masculin ! Mais cette égalité se rompt pour les deux corps pendant leur période d'évolution dans la vie. Chacun d'eux a sa nature particulière qui revendique certains droits et qui en exclut d'autres.

téraires, pour lesquels des hommes de génie et de talent ont prodigué talent et génie, sont les effets trompeurs de cette cause dont l'origine est contraire à la vérité de la nature.

Ce mensonge surtout est le père de la corruption de l'esprit, corruption qui rend la vertu ridicule et prend l'honnêteté pour de la niaiserie.

Ma fille, quand tu auras lu et médité ces lettres, je te permettrai de lire tous les romans passés, présents et futurs. Tu verras alors que la plupart de nos romanciers, ignorant comme toi la nature, proclament l'égalité absolue des devoirs et des droits de la femme et de l'homme. Tu verras que, partant de ce faux principe, ils innocentent l'inconduite de la femme et qu'ils rejettent le malheur qui en est le dénouement infaillible sur la société et ses lois.

Les Français, ma fille, ont l'habitude de voiler la vie aux jeunes personnes et de ne leur accorder aucun droit à la pensée et à la parole. Une jeune fille, en France, doit ignorer jusqu'à sa vertu. Elle ne doit connaître de l'homme que le chapeau et le manteau de son père et de son frère. Elle ne doit jamais discuter, fût-ce avec un sage, qu'en présence de sa mère. Elle ne doit jamais non plus avouer quelle a lu les grands poètes de l'humanité ; et si elle pense, elle doit cacher sa pensée, c'est-à-dire son cœur, son esprit et son jugement et porter des béquilles spirituelles comme Sixte-Quint jusqu'au lendemain du mariage ; mariage que son cœur, son esprit et son jugement ont souvent condamné d'avance.

La jeune fille française est serve de l'ignorance réelle ou simulée. Elle n'est émancipée intellectuellement que par le mariage. Or, comme à peu d'exceptions près, elle ne se marie que moyennant une dot, ou pour pouvoir s'en passer, il s'ensuit que la Française, née libre, est forcée d'acheter à beaux deniers comptants son existence morale et sa liberté matérielle.

Et ces mêmes Français, qui mesurent si parcimonieusement la vie à la femme, la déclarent l'égale absolue, la rivale de l'homme !!!

Explique cette contradiction qui pourra !

Quant à moi, ma fille, je veux qu'avant de te marier, tu connaisses à fond l'histoire psychique et physique de l'homme et de la femme. Car le mariage, tout en sauvegardant les droits de la femme, l'enchaîne à des

devoirs qui, s'ils ne deviennent pas des plaisirs, sont si difficiles à remplir, qu'il faudrait
être plus qu'une femme, qu'il faudrait être
un ange, pour ne pas chanceler quelquefois,
pour ne pas fléchir un instant. Tu auras beau
briser cette chaîne, les tronçons éparpillés
comme ceux du serpent se rejoindront d'eux-
mêmes. Il suffit, d'ailleurs, que tu l'aies
portée un jour pour que la marque te signale
à la foule et te rende malheureuse !!!

Je veux que jeune fille, et avant de t'engager à devenir supérieure à l'homme, non-
seulement par l'esprit, mais encore par le
devoir et le dévouement qu'exige le mariage
— car une femme mariée, qui fait son devoir, est supérieure à son mari — je veux
que tu aies le choix de dorer cette chaîne,
de la réduire à une bague qui brille au soleil
et à la lumière.

Je veux que tu saches à quoi tu t'engages ;
que tu sois heureuse selon les lois de la nature, non par hasard, mais grâce à la connaissance de cette même nature et de toi-
même.

Je veux, en un mot, qu'à partir de ce moment, tu te gouvernes toi-même, car tu peux
à tout instant perdre tes père et mère ; tu
pourrais être réduite à gagner ta vie chez les

autres. Je veux, ma fille, que dans n'importe quelle situation où tu te trouves, pauvre ou riche, orpheline ou fille adorée par tes parents, malade ou bien portante, seule ou entourée de séducteurs, tu puisses conserver non-seulement ta dignité et ta vertu, mais faire honneur à ton sexe, qui a sa nature à part, et qui, dès qu'il viole cette nature et ces devoirs, est irrévocablement voué au malheur !

IV

Avoue-le, ma fille, tu as fait la moue en lisant mon préambule. Ta bouche rosée est toute prête à protester contre les soi-disant principes égoïstes de ton père. Pour tout dire, tu t'inscris en faux contre l'inégalité de la femme et de l'homme. Calme-toi pourtant. Il n'est jamais entré dans mon esprit de mettre la femme à un niveau inférieur à l'homme dans l'histoire de l'humanité. Non-seulement je crois la femme l'égale de l'homme pour l'esprit, la capacité et la raison, mais elle lui est même supérieure par le sentiment et la vertu. Il faut qu'un homme

soit sottement infatué de son sexe pour ad-
mettre un instant qu'un être qui l'a formé,
qui l'a nourri de son sang, *sa mère*, ou bien
qu'un être qui est né de ses entrailles, *sa fille*,
lui soit inférieur. Non, mille fois non, l'homme
et la femme ne sont que deux faces d'un seul
et même être intelligent, et sous ce rapport,
ils sont complètement égaux.

Mais autre chose est l'égalité, autre chose
est la *parité*. Une femme n'est jamais *pa-
reille* à l'homme, mais elle est son égale par
ses devoirs accomplis. De ce contraste naturel naît l'harmonie, l'union, l'amour. Psy-
chiquement la femme est l'égale de l'homme,
physiquement, elle ne l'est pas !

La physiologie de la femme est autre que
celle de l'homme. Le bonheur d'un sexe
n'est pas supérieur à l'autre, mais il n'est
pas de la même nature ; de cette divergence
physiologique naît la diversité des devoirs
et des droits.

Ma fille, remarque bien que je ne parle
pas au nom d'une loi faite par les hommes,
bien que malgré tant d'aberrations, les lois
sociales se basent toujours primitivement
sur la nature même des choses. Les hommes
presque toujours ont été injustes envers les
femmes, mais souvent aussi les femmes ont

nié, violé même les lois de leur nature.

Je ne te parle pas non plus au nom de la religion. Plus tard tu appliqueras toi-même la mesure de ta raison aux lois religieuses qui régissent le mariage et qui partout ont imposé des devoirs à la femme et à l'homme.

Je ne te parle qu'au nom de la nature qui est partout la même, chez les sauvages comme chez les peuples les plus civilisés, au nord comme au midi, à Paris comme à Constantinople et qui partout a soumis la femme à des lois particulières, différentes de celles auxquelles les hommes ont dû obéir et contre lesquelles la femme ne peut se révolter qu'en violant la loi éternelle et primitive de son individualité; violation à laquelle partout et toujours elle doit et devra son malheur !

V

Apprends donc que par le mariage la jeune fille change de nature, mais que l'homme ne subit pas la même loi.

Tu peux, à la rigueur, rester jeune fille, ne jamais te marier; tu peux sacrifier ta jeunesse et ta beauté à une idée, que cette idée s'appelle Dieu ou amour platonique, c'est-à-dire amour purement idéal, mais alors tu ne seras pas une *femme;* on t'appellera *vierge.* Une vierge est une personne dont le physique n'a subi aucune atteinte par l'amour charnel. Ce mot est dérivé du latin *vir* (homme) parce que semblable à l'homme, son corps n'a éprouvé aucun changement. Mais une *vierge* n'est pas une *femme.*

Une femme est une vierge devenue la compagne de l'homme dans laquelle il s'incarne par l'amour, afin de n'être avec elle qu'un seul corps. Mais ce mystère de l'amour une fois accompli, cette femme, par cela même, acquiert des droits éternels et sacrés sur cet homme, *car par l'acte de l'amour, la nature de la femme a été changée..*

De *vierge* qu'elle était, elle est devenue *femme* et jamais le souvenir de cet acte ne sortira de sa mémoire. Et jamais non plus elle ne pourra réclamer les droits de sa virginité !

Dans ce mystère, l'homme paraît jouir d'un privilége de la nature. Son physique n'a pas changé. Aussi tous les peuples, sous le mot de mariage, entendent-ils un homme ayant déjà connu des femmes, qui épouse une vierge. Il n'entre dans les idées d'aucune nation, même chrétienne, de méconnaître le mariage, parce qu'avant cette cérémonie l'époux a déjà connu plusieurs femmes.

Mais il est dans la nature des choses, que l'homme choisisse une vierge pour sa femme et pour la mère de ses enfants.

Ne t'indigne pas de cette inégalité. Tu verras bientôt que cette même loi de la nature exige pour l'homme la fidélité absolue à sa femme et que sous bien des rapports psychologiques la femme est supérieure à l'homme.

Je t'expliquerai plus tard pourquoi la nature, même en dehors de la religion, exige la fidélité du mari à son épouse. Mais tout d'abord je dois te dire qu'une infidélité du mari n'autorise jamais et en aucune façon la femme à se venger et à lui être infidèle, à son tour.

Rappelle-toi bien que je te parle toujours au nom de la loi naturelle et nullement au nom d'une loi faite par les hommes.

Les hommes ont pu faire des lois en leur faveur — ils étaient les plus forts — mais ils n'ont jamais pu créer ni changer la nature physique de la femme.

Toutefois, avant d'aborder cette loi, je

veux te faire observer que chez aucune nation une femme fidèle, aimant un mari infidèle, ne perd ni de l'estime qu'on lui doit, ni de sa vertu ; mais que partout et dans tous les temps, un homme qui aime une femme infidèle est déconsidéré comme un être indigne. L'intérêt, la position sociale, une passion excessive, une arrière-pensée de vengeance ou bien encore un sacrifice fait aux enfants peuvent faire fermer les yeux à un mari sur l'inconduite de sa femme. Il peut même rendre justice à sa raison et admirer sa beauté, mais il ne saurait l'aimer réellement, il ne l'aime pas. Tu liras des romans qui disent le contraire, ils mentent. Ils basent leurs fausses histoires sur le faux principe d'égalité absolue de l'homme et de la femme devant l'amour. En tout cas, c'est un homme sans honneur, incapable de rendre une femme heureuse et méprisé même par son infidèle épouse.

Un homme peut s'allier à une honnête veuve et faire d'elle, soit la compagne de sa vie, soit la mère de ses enfants, mais jamais il ne l'aimera comme il l'aurait aimée, s'il l'eût épousée vierge.

La fidélité d'une femme à un seul homme, s'appelle : *Vertu.*

La fidélité d'un homme à une seule femme, s'appelle : *Amour*.

Dans ces deux mots différents se trouve.le mystère de l'inégalité des deux sexes. Une femme ne peut être vertueuse sans fidélité absolue à un seul homme. Un mari ne perd pas son honneur en commettant une infidélité à sa femme.

Tu me demandes d'où vient cette inégalité et pourquoi la nature a imposé une si rude tâche à la femme, d'autant plus pénible, que rarement elle choisit elle-même son mari. Mais il est encore d'autres mystères dans la physiologie de l'amour que tu ignores et qu'il faut que je te révèle.

Tu verras bientôt que toutes les prétendues infériorités de la femme tournent précisément à sa gloire et que tous les priviléges sociaux de l'homme disparaissent devant la grandeur de la vertu, apanage et palladium de la femme.

VI

Tu comprendras, ma fille, la nécessité de la fidélité absolue de la femme, rien qu'en apprenant que l'infidélité du mari, sauf des cas rares, n'a aucune influence sur l'enfant, qui sera toujours l'enfant de son père et de sa mère, mais qu'une femme infidèle, non-seulement donne à son époux des enfants qui ne sont pas de lui, mais qu'elle cesse en peu de temps d'être mère, même sous le rapport physique.

En t'expliquant la cause de ce qui précède, tu seras tentée de nier certaines conséquences, mais, n'oublie pas ceci : de même que tu ne sais pas encore ce que c'est qu'une femme, étant encore vierge, de même, vertueuse, une femme ne connaît pas la nature de la femme infidèle.

Et c'est en cela que la curiosité féminine conduit forcément au crime et au malheur.

Malheureuse, trois fois malheureuse celle qui n'a plus rien à apprendre. Une fois cette dernière limite franchie, il lui est impossible de rebrousser chemin pour retrouver sa vertu.

Ce n'est plus une femme, mais un être féminin condamné à courir toute sa vie après son ombre, sans pouvoir la rattraper.

C'est l'enfer sur cette terre. Car, apprends *qu'une femme infidèle à un homme, qu'elle soit mariée ou non*, PAR SA NATURE MÊME

N'EST PLUS FIDÈLE A AUCUN AUTRE HOMME.

La concupiscence de la femme est ILLIMI-TÉE. Elle est LIMITÉE chez l'homme. L'homme, si corrompu qu'il soit, est limité dans le mal, et la femme ne l'est pas. Mystère ou non, la nature l'a voulu ainsi, car par cette loi physique même, elle a créé la vertu de la femme. Vertu veut dire force. Il faut, en effet, à la femme, une grande force d'âme pour rester fidèle à un mari, que souvent elle n'aime pas et auquel il faut qu'elle voue une constance absolue, même si elle ne l'aime pas, non pour le salut de l'homme, mais pour son propre bonheur!

Les exceptions sont si rares qu'elles ne font que corroborer la règle. La femme croit bien le contraire, elle se flatte. Celui-ci, se dit-elle, sera mon bien-aimé. Des mots! rien que des mots!

A moins que la force morale chez elle ne dompte et ne subjugue sa nature ; à moins qu'épouvantée et reculant aux bords de l'abîme, elle ne se réfugie dans l'idéal, seul et unique asile, une première faute appellera toujours une seconde, puis une troisième et deviendra pour elle une véritable chaîne de chutes et de malheurs.

Si avide de plaisir que soit l'homme, par

sa nature même, il s'arrête forcément dans ses infidélités. Le Créateur lui a refusé le pouvoir illimité du mal. Mais une femme infidèle, pouvant toujours l'être, ne sait jamais où elle s'arrêtera. Une fois l'âme vaincue par le corps, l'insatiabilité de la chair la jette d'un homme à l'autre, cherchant partout et ne trouvant nulle part le bonheur rêvé.

Le seul bonheur de la femme c'est de sacrifier le corps à l'âme, la passion à l'amour, la matière à l'idéal.

L'épouse la plus malheureuse, fidèle à un ingrat, est encore plus heureuse que la femme adultère ou la courtisane, qui dans les bras d'un amant, lui jure un amour éternel, car elle ment!

Cet amant, eût-il de l'esprit, du génie, fût-il beau comme Apollon, n'est ni ne sera jamais pour elle qu'un représentant de la force matérielle.

Elle le trompera, il faut qu'elle le trompe ; car l'amour pour elle n'est plus *que la recherche de l'absolu de la matière.*

Car la nature veut que l'idéal de la femme réside dans la fidélité A UN SEUL HOMME.

Car de cette fidélité jaillit l'humanité.

Car sans cette fidélité, la femme représentant un bloc de chair animée, ou ne mettrait au monde que des crétins ou deviendrait stérile.

Avec la dernière femme fidèle disparaît forcément l'homme.

Avec l'homme, l'humanité.

Et avec l'humanité la nature elle-même.

VII

Ma fille,

De tout temps les grands législateurs ont transformé les lois hygiéniques de la nature en prescriptions religieuses. Le mot *religion*, en effet, signifie *lien*, et les lois de la nature sont faites pour unir les humains par des liens pacifiques et bienfaisants. Le mariage est un de ces liens de la nature, lien doux, lien de roses, d'épines et de fruits, qui ne doit jamais dégénérer en chaîne. Dès qu'il devient chaîne, l'homme cherche à la briser et la loi, pour peu qu'elle soit basée sur la nature, vient à son secours, soit par le divorce, soit par une séparation temporaire.

Le mariage légitime ne ressemble pas mal à une locomotive marchant sur des rails. Grâce à ces rails représentant la loi de la nature, la locomotive mise en avant par le feu avance rapidement, sainement, et arrive au but voulu. Sans ces rails la locomotive avancerait pendant quelque temps, par bonds et par sauts, pour se précipiter dans un abîme, devenant la tombe de tous ceux qui se sont fiés à son feu et à ses mouvements. Telle est absolument l'union illégitime entre un homme et une femme, union mouvementée par un feu non réglé, permettant à chacun des conjoints des cahots et des écarts à droite et à gauche. Elle conduit à l'abîme.

Je t'ai déjà dit que l'infidélité du mari n'autorise en aucun cas l'infidélité de la femme, même dans un pays où le divorce n'est pas admis. Mais cette infidélité maritale n'en est pas moins une violation flagrante de la loi de la nature, car la nature a créé l'homme pour la monogamie, c'est-à-dire, pour n'avoir jamais qu'une seule femme : la sienne ! Les hommes qui font des lois d'après leurs passions, ne conviennent pas facilement de cette vérité fondamentale. Ils croient que parce que l'infidélité de l'homme ne change pas son physique, la nature l'a créé pour avoir plusieurs femmes à la fois. C'est une erreur flagrante, et la loi chrétienne qui a fait du mariage un sacrement, c'est-à-dire la fidélité absolue entre époux et épouse, est basée sur la loi de la nature elle-même, une émanation de Dieu qui l'a créée.

En effet, et retiens bien ce que je vais te dire, de toutes les créatures de la nature faites pour propager, chacune son espèce, la femme seule est formée pour pouvoir être toujours la compagne d'amour de son mari. Elle seule est menstruée. Nulle femelle des créatures inférieures ne possède ce privilége.

La femme seule est formée par la main du Créateur de façon à pouvoir toujours, sauf quelques jours d'impureté, aimer son mari et être aimée de lui. L'homme n'a jamais aucun prétexte, absolument aucun, pour innocenter une infidélité à sa femme.

Les cas d'autres maladies sont mutuels et d'une parfaite égalité. Nul mortel n'est assuré contre ces accidents. L'homme en commettant ce crime (car c'est un crime), imite servilement la brute mâle qui ne connaît pas la fidélité conjugale. Mais la brute mâle est moins coupable, moins méprisable que l'homme infidèle, car elle n'a pas d'autre choix.

La loi de la nature veut que la brute femelle, dès qu'elle a conçu, ne permette plus au mâle de s'approcher d'elle. Le mâle brute est empêché par la nature même d'être fidèle à une seule femelle. C'est pourquoi le mariage n'est pas connu dans le monde des animaux. *Il est exclusivement humain, et il rapproche l'homme et la femme unis des anges plutôt que des bêtes. Il fait monter l'homme vers le ciel plutôt que de le faire descendre vers la terre.*

Quelques oiseaux sont fidèles l'un à l'autre, mais seulement pour la durée de la couvée, car pendant ce temps la femelle a besoin que le mâle lui donne la becquée, ainsi que durant le temps que les petits ne peuvent pas encore se nourrir eux-mêmes. Cette époque passée, l'oiseau bien que plus éthéré que le quadrupède, n'observe plus la loi de la fidélité, uniquement réservée au mariage humain qui, en unissant un couple, l'angélise par la fidélité absolue, non en dehors et au-dessus de la loi naturelle, mais conformément à cette même loi. Car tout ce qui viole la loi de la nature, viole en même temps la loi de Dieu, attendu qu'il est impossible à un mortel de pénétrer les lois de Dieu autrement que par les lois de la nature, qui sont ses œuvres et qui sont accessibles à l'homme par la science et l'expérience.

Toute loi ou convention qui autorise un homme ou une femme unis par le mariage de commettre une infidélité, sous n'importe quel prétexte, est fausse, contraire à la loi de la nature et de Dieu.

Seulement la nature n'exige pas que le même homme et la même femme restent éternellement enchaînés l'un à l'autre, n'importe les vices et les crimes de chacun. Elle ne veut pas non plus qu'un homme et qu'une femme séparés par un crime, vice ou antipathie, se privent éternellement d'amour ou du bonheur d'avoir des enfants. Elle exige seulement la fidélité absolue pendant l'union du mariage.

Une fois séparés par la loi, il serait certainement désirable et plus conforme à l'idéal que chacun d'eux renonçât à l'amour, mais comme cet idéal est presque au-dessus du pouvoir des mortels, la loi a autorisé le divorce qui permet à chacun des conjoints de se remarier et de fonder une nouvelle union fidèle.

Ce n'est point l'idéal du mariage, mais il est conforme à la loi de la nature.

VIII

La Société ne manque pas d'utopistes qui ont voulu changer les lois naturelles.

Ils ont d'abord déclaré que la femme et l'homme sont égaux devant l'amour.

Puis, partant de ce faux principe et après avoir placé le cœur à droite, ils ont inventé toutes sortes de remèdes pour le replacer à gauche. Les uns demandent que la mère seule suffise pour légitimer l'enfant, oubliant qu'une femme infidèle n'est ni ne saurait jamais être mère, qu'elle sacrifierait tôt ou tard son enfant à ses amants. Pour être mère, il faut d'abord être épouse ou digne de l'être, c'est-à-dire fidèle au père de l'enfant.

D'autres, déclamant contre la chaîne du mariage, accusent la société d'avoir inventé ce frein qui n'existe pas dans l'état naturel.

Or, c'est la nature, et la nature seule, qui a créé partout le mariage et qui l'a créé pour sauvegarder les droits et la dignité de la femme; mais toujours à la condition qu'elle restera fidèle au mari, même en cas d'infidélité de celui-ci.

En effet, tu sais maintenant que la nature de la femme, n'étant pas l'égale de l'homme, subit une métamorphose par l'amour, tandis que celle de l'homme ne change pas.

Tu viens d'apprendre que l'homme qui ne change pas par l'amour, par son physique limité, et par la loi de la nature, est porté, sinon à la fidélité, du moins à la constance de son affection pour une seule femme, et si cette femme remplit son devoir de fidélité, il faudrait que cet homme fût la dernière des créatures pour ne pas lui assurer ses droits.

Ce n'est pas par l'amour que la femme dompte et subjugue l'homme, mais par la vertu. Souvent l'amour de la femme, par sa nature ombrageuse et exigeante, impose au mari trop de sacrifices de temps et de forces. Mais la vertu enchaîne son âme, captive son esprit, et sert de doux oreiller à ses velléités de liberté.

Admire les lois de la création. Si l'homme avec l'immutabilité de sa nature, était aussi passionné que la femme, le mariage sorait chose impossible, et la femme n'existerait pas. Elle ne serait que la femelle du mâle.

Et si la femme n'avait pas besoin de toutes les forces de son âme, de toutes les pudeurs de son cœur, pour vaincre sa nature concupiscente, elle n'aurait jamais supporté un instant les dédains d'un homme auquel elle a cédé ; elle n'aurait jamais connu la fidélité conjugale, et le mariage n'existerait pas.

Et sans mariage, point de société.

C'est parce qu'il faut à la femme une force morale plus soutenue pour se vaincre elle-même, que seule elle est l'héroïne du mariage, la prêtresse de l'humanité.

C'est parce qu'elle est habituée de bonne heure à sacrifier le corps à l'esprit, la matière à l'idéal, l'amour à la vertu, qu'elle est un être à part, tenant le milieu entre l'homme et l'ange. Que si elle ne dépasse pas l'homme par sa vertu, elle descend forcément un degré entre l'homme et le démon.

Rarement elle s'arrête dans ce milieu. Bientôt, de chute en chute, d'amour en amour, elle tombe au-dessous de la brute.

IX

Tu le vois, le mariage, malgré les rudes
devoirs qu'il impose à la femme, est pour elle
le seul palladium de ses droits, de son honneur et de sa félicité. Presque seul, le mariage lui accorde le titre de femme, puisque
la femme soi-disant *libre*, n'est plus pour
l'homme qu'un instrument de plaisir. Il peut
s'attacher à elle, mais il ne l'estime ni ne
l'aimera pas !

Elle ne peut pas être mère non plus, car
l'enfant même, dès qu'il aura atteint l'âge de
raison, lui demandera compte de son isole-
ment. L'enfant ne se contente nullement
d'une mère. Il lui faut un père. La nature
exige absolument cette trinité de famille et
la légitimité de la naissance est loin d'être
un préjugé.

Les hommes ont toujours revendiqué la
pureté du sang d'où ils descendent. Si les
Grecs se sont flattés d'avoir eu pour auteurs
les dieux de l'Olympe, toi, simple jeune fille,
tu seras fière d'être l'enfant légitime d'une
mère vertueuse et d'un père honnête
homme. Il n'est pas de noblesse supérieure
à celle-là.

Sans père, point de famille, car c'est le père qui donne son nom à l'enfant.

Un enfant illégitime n'a pas de nom.

D'ailleurs, il ne faut pas croire que sans père la femme tienne beaucoup à remplir ses devoirs de mère. Par sa nature, la femme se laisse facilement entraîner à la vie libre de la courtisane. Ce n'est que lorsqu'elle jouit des droits de l'épouse qu'elle accomplit avec joie et bonheur les nobles devoirs de la maternité.

Et si le père n'existait pas pour travailler, pour nourrir la famille, la mère, si grand que fût son amour maternel, succomberait bientôt sous le double fardeau des travaux du dehors et de la maison.

Le père, à son tour, ne travaillerait pas pour l'enfant, s'il n'était assuré de la fidélité de sa femme, car il ne serait pas sûr que cet enfant fût à lui.

En vertu de ces raisons naturelles et sociales, le père, la mère et l'enfant forment d'abord la famille, puis la maison, puis le village, puis la ville, puis la province, puis la patrie, et enfin l'humanité.

Ce qui fait que la vertu de la femme mariée est la clef de voûte de la civilisation.

Mais, outre ces considérations morales, le

mariage est une nécessité de la nature même, et ceci est encore un mystère de la création, contre lequel les hommes protesteront en vain, eussent-ils le génie de Prométhée.

Oui, la nature, en accordant à l'homme et à la femme le bonheur de l'amour, nécessaire à la propagation de l'espèce humaine, a limité ce plaisir par des maux qui surgissent partout, dès que l'homme abuse de sa liberté, dès qu'il viole les lois de la chasteté conjugale.

Un homme qui dîne trop, ou qui ne sait pas s'abstenir de certains mets contraires à sa santé, est exposé à des maladies d'estomac.

De même, les plaisirs de l'amour, dès qu'ils ne sont plus légitimes, exposent l'homme et la femme à d'horribles maladies, à de cruelles souffrances, qui, en peu de temps, rongent le corps, le vieillissent avant l'âge et atrophient l'esprit.

Ces maladies, véritables gardiennes au glaive flamboyant du paradis de la famille et de la patrie, *ont existé* de tout temps. Elles surgissent partout où les devoirs du mariage sont violés. On leur a donné certains noms qui sont des injures à certaines nations, mais à faux. Je le répète, elles ont toujours existé sous différentes dénominations. Elles ont été créées par la nature pour forcer l’homme à s’attacher à sa femme légitime, et la femme à rester fidèle à un seul homme. Et comme si la nature avait voulu protester contre le génie de l’homme imposant ses lois, les remèdes que la médecine a inventés contre ces maladies impures, font autant de ravages, et plus encore, que le mal même. On dirait que le *Créateur* a voulu répondre d’avance à toutes les mauvaises raisons qu’inventent les hommes sans mœurs, soit pour ne pas se marier, c’est-à-dire pour ne pas remplir les devoirs du père de famille, soit pour violer la fidélité et la pureté qu’exige le mariage.

La nature veut donc qu’en dehors de l’amour idéal et du lien de l’enfant, l’homme soit forcé de se marier, ne fût-ce que pour le bien de sa santé, et pour échapper aux dangers d’atroces souffrances; messagères d’une vieillesse, souvent d’une fin précoce.

Or, cette crainte surgit dès que la femme peut être soupçonnée d’infidélité. Car, toute femme qui se livre à un homme, autre que son mari, est exposée à être dévorée de maux physiques qu’elle communique à son époux. Le mariage alors, au lieu d’être un abri, un port, devient un enfer.

La femme, il est vrai, est exposée aux mêmes dangers par l'infidélité du mari, et là se retrouve toute la solidarité des époux et même des enfants ; car ces maladies infernales se communiquent aux enfants dans le sein de leur mère.

Toute infidélité conjugale donc est une vengeance à deux tranchants qui blesse celui qui désire s'en servir. La femme, au lieu de s'affranchir par cette vengeance, s'assujettit de plus en plus, et rive le clou qui l'attache à la chaîne du malheur.

Aussi est-il permis à l'épouse, dès qu'elle soupçonne son mari d'infidélité, de se séparer de lui de corps, et s'il persiste dans son inconduite, de se séparer de lui pour l'éternité, sans toutefois obtenir jamais le droit d'imiter son exemple, à moins de divorce légal.

Il est des pays où le divorce est admis, mais il est rare qu'une femme divorcée trouve le bonheur dans un second mariage.

Le bonheur de la femme gît exclusivement dans sa vertu, c'est-à-dire dans la fidélité à un seul homme..

Il est mille maladies contre une seule santé ; de même, contre mille manières de devenir malheureuse, il n'est qu'une seule et vraie félicité pour la femme : *la vertu !*

Tu le vois, se marier, pour une jeune fille, c'est l'acte le plus important de la vie, plus important que la naissance et la mort ; car il décide du bonheur ou du malheur, non-seulement de la femme, non-seulement de l'homme, mais de toute une famille.

Et que se marier au hasard et à vue de pays, comme l'on se marie en France, sans connaître du mariage les devoirs et les dangers, *est un acte de barbarie et de sauvagerie.*

X

Jusqu'à présent, ma fille, je t'ai parlé des inégalités physiques des deux sexes. Mais l'homme n'est pas seulement de limon, c'est un être mixte admirablement équilibré de matière et d'esprit, de corps et d'âme, de chair et de raison.

Et par cet équilibre même, l'égalité des deux sexes reparaît dans toute sa vérité, dans toute sa pureté !

Admire avec moi les lois de la création. Tout ce qui existe n'est qu'en vertu des lois propres qui régissent l'individualité de cet être, en d'autres termes, l'organisation de chaque chose est telle qu'elle ne peut être ni plus élevée, ni plus abaissée dans l'échelle de la création. De tous ces êtres, l'homme sans contredit se trouve sur l'échelon supérieur ; car, par son organisation physique et psychique, il est appelé à dominer toutes les autres créations, qu'il dépasse par l'équilibre de la vie matérielle et spirituelle, par la subordination du corps à l'esprit, de la chair à la raison. Le végétal a sa vie propre, l'animal, certes, a un instinct spirituel, il domine d'autres êtres au-dessous de lui, mais l'homme seul est libre, car lui seul se domine lui-même ; lui seul suit les lois qu'il a créées par sa raison, laquelle raison est une parcelle de force créatrice et infinie qu'on appelle Dieu.

L'homme seul a un *moi*, l'homme seul se parle et se raisonne, l'homme seul se voit et voit en lui le Créateur.

Et avant de juger son esprit, l'homme juge son corps. Il en distingue les parties fortes et faibles ; il affaiblit les unes et fortifie les autres, toujours avec sa raison divine, afin d'arriver à un équilibre parfait.

La femme, sous ce rapport, est l'égale absolue de l'homme. De prime abord, elle

avait jugé la différence de son amour d'avec
celui de l'homme, et du même coup elle a
effacé cette inégalité physique avec son âme
et son esprit. Non-seulement elle s'est élevée jusqu'à l'homme, mais elle l'a dépassé
de cent coudées.

Avant d'arriver à l'idéal du mariage, qui
est l'équipollence de deux êtres ayant un
corps et une âme, l'homme et la femme ont
équilibré chacun son propre corps avec son
propre esprit. En d'autres termes, avant de
marier l'homme avec la femme, il fallait
marier l'âme avec le corps, et aujourd'hui
encore, aucun vrai mariage n'est possible
avant cette double alliance préalable.

La femme, voyant l'*illimitation* de sa nature concupiscente, a de prime-saut créé la
vertu. Car ce n'est pas l'homme, comme me
l'a dit un jour Mme de Girardin, qui a inventé la vertu de la femme, c'est bien la
femme elle-même.

La chasteté absolue, inventée par l'homme,
est un extrême contraire à la nature. Elle a
été nécessaire peut-être comme moyen,
mais jamais comme but. Pour redresser un
bâton courbé, on le recourbe dans le sens
contraire. La femme, qui n'aime pas les
extrêmes, a mieux aimé créer la *vertu*, qui

est le chaste milieu entre la virginité éternelle et l'amour illimité. Par la vertu donc,
la femme, non-seulement devient l'égale de
l'homme, mais elle le surpasse. Car, pour y
arriver, elle a appris à se dominer, à subor-
donner sa chair à l'esprit, tout en lui accordant ses droits naturels ; tandis que l'homme,
au contraire, n'a pas besoin, sous ce rapport de faire le moindre effort spirituel.

Ce qu'il possède naturellement, la femme
le gagne par sa force morale, par une
victoire sur elle-même. Or, toute victoire
sur le *moi* s'étend forcément sur le *non
moi*. En effet, ce n'est pas l'amour de la
femme qui subjugue l'homme, mais sa vertu.
Ce que les hommes estiment et craignent le
plus dans une femme, c'est sa vertu. La
femme, au contraire, aime avant tout dans
l'homme l'amour qu'il ressent pour elle, un
amour *sans bornes*, précisément parce qu'il
est naturellement borné.

Ce que la femme vertueuse appelle constance n'est autre qu'un amour qu'elle entre-
voit vaguement, élevé jusqu'à la hauteur du
sien, car elle sent bien que ce qui s'appelle
vertu pour elle, ne l'est pas pour son bien-
aimé.

L'homme de même reconnaît que la

femme, par sa vertu, lui fait un sacrifice, *non pas tant parce qu'elle se laisse aimer par lui* (elle y est poussée par sa nature), *mais parce qu'elle défend à tout autre homme de songer seulement au même bonheur.*

L'homme, se voyant limité en amour, y a suppléé par son esprit. C'est lui qui a créé l'amour *idéal*, l'amour *platonique*. C'est lui, enfin, qui a créé ce qu'il y a de plus beau entre deux êtres humains, l'*amitié*.

En cela, l'homme est le poëte et la femme la prêtresse de l'amour. Si la femme le surpasse par la vertu, qui est la victoire de l'âme sur le corps, l'homme, à son tour, surpasse la femme par l'idéal, qui, en rétablissant l'équilibre, crée l'incarnation de l'esprit dans la matière, la transubstantiation du corps dans l'âme, au point de ne plus faire des deux êtres qu'un seul corps avec une seul âme. L'homme, par son esprit, décuple, prolonge les forces de la matière. Par l'esprit donc, équilibrant l'âme avec le corps, l'homme et la femme deviennent égaux et se dissolvent mutuellement dans une union sacrée, à la fois idéale et matérielle.

Je t'ai dit, ma fille, qu'une jeune fille pure peut épouser un jeune homme qui a déjà connu des femmes, à condition toutefois que ce jeune homme n'ait pas laissé dans ses amours passées les forces de son corps et les illusions de son âme. Ce n'est pas précisément un idéal de mariage, tel que je le rêve pour toi, mais dans notre société, pourvu que les lois divines et humaines ne soient pas violées, il faut se contenter du possible et embellir, pour ainsi dire, le laid de la matière par le sang de son âme et de sa poésie.

Maintenant que tu connais la physiologie du mariage, tu peux mesurer la cause de tant de ménages malheureux. Bon nombre de ces jeunes maris ont vieilli avant l'âge par des amours impurs. Parfois, ces hommes rongés par des maladies que l'on appelle secrètes, mais qui ne le sont pas pour un œil exercé, sont indignes d'être pères, car ils communiquent le germe de leur mal à l'enfant.

Souvent encore ces soi-disant beaux garçons dont tu entends faire l'éloge ont laissé dans les ronces du vice toute la poésie de l'amour — poésie qui seule rend l'homme le digne égal de la femme vertueuse — car les femmes qu'ils ont connues, ayant violé la pudeur et la vertu, ils les ont traitées comme

un être inorganique, une fleur que l'on cueille
et que l'on effeuille pour en respirer le parfum, sauf à la fouler aux pieds.

Ces habitudes les ont dégradés eux-
mêmes, au point, qu'inférieurs en tout, incapables de n'importe quel sacrifice au devoir, ils ne pardonnent plus à leurs femmes
honnêtes leurs propres torts, et les accusent
de toutes sortes de défauts, pour justifier les
leurs aux yeux du public. Songe donc à quoi
s'expose une jeune fille ignorante en s'al-
liant pour la vie à un être, si riche qu'il soit,
dont elle ne connaît pas le passé.

Quand tu verras un de ces jeunes gens
blanchis avant l'âge, ou dont le crâne est
dégarni de sa chevelure, tu peux être sûre,
qu'à moins de grandes douleurs morales ou
de grandes fatigues militaires, cet homme
porte sur sa figure les traces, soit de sa
propre inconduite, soit de celle de son
père.

L'idéal du mariage, auquel d'ailleurs les
humains atteignent rarement, c'est l'amour
double de deux êtres, homme et femme, parfaitement sains de corps et d'âme ; car si les
désordres de l'esprit peuvent ravager le
corps et lui donner même la mort, les désordres du corps atteignent sûrement l'es-

prit et l'empêchent de fonctionner selon les lois de la nature.

L'amour physique seul ne constitue donc pas le mariage, pas plus que l'amitié des âmes ; le but du mariage étant avant tout de procréer et de mettre au monde des enfants également sains de corps et d'esprit, qui sans ces qualités ne sauraient être heureux et ne pourraient pas remplir leurs devoirs, les hommes, de père, de fils, de frère, les femmes, de fille, d'épouse, de mère ; qualités qui des uns et des autres font d'abord les vrais citoyens de la patrie, puis de vrais missionnaires de l'humanité !

Si tu veux bien t'adresser aux femmes de soixante, cinquante et quarante ans, elles te diront qu'il y a tout un monde entre les jeunes gens du temps de leur jeunesse et ceux d'aujourd'hui. Dans ce temps le jeune homme, vivant pour un idéal, pour un principe spirituel, courait au-devant des sacrifices du cœur et aimait la femme qui elle-même était une prêtresse de l'amour.

Les hommes, grandis par les événements, ne croyaient pas se rapetisser en s'agenouillant devant la femme. D'ailleurs, quand il s'agit de risquer tous les jours sa vie, soit pour la liberté, soit pour l'honneur, l'homme, suivant l'impulsion de son cœur, ne songe pas, sur le seuil du temple de l'amour, aux misères de l'intérêt et de la fortune !

Devant la mort, comme devant un grand principe devenu la vie d'une nation, l'amour seul maintient ses droits. Fortune, intérêt, position, préjugés de religion, tout lui cède.

La jeunesse d'aujourd'hui, au contraire, date d'une époque de calcul, de lucre, de bas intérêts, d'une ère de pur matérialisme. Aussi bon nombre de jeunes gens de ce temps ci ont l'air de leur origine. Leur figure est pour ainsi dire ruolzée. Ils ont des traits réguliers comme des bustes d'argent, mais leur poitrine aussi paraît être de métal, et quand on frappe dessus on n'y trouve de l'écho ni pour un principe, ni pour un idéal, ni par conséquent pour l'amour ; car l'amour de l'homme pour une femme, je viens de le prouver, n'est qu'une brutalité passagère, s'il n'est purifié, embelli, poétisé, éternisé par l'idéal.

Livrés de bonne heure à l'amour impur des courtisanes hébétées, ils sont vieux avant l'âge et portent en tout la petitesse extravagante d'une impuissance à la fois hautaine et couarde !

Tout les gêne, rien ne les amuse, excepté

les commérages et les anecdotes croustillantes. Ce n'est pourtant pas leur faute, c'est la faute de leurs pères et mères qui se sont mariés sans s'aimer. L'un est le fruit d'une fille qui a épousé un vieillard pour avoir des rentes, ou dédaignant l'ami de son cœur, poétique, plein d'ardeur, mais pauvre, pour un gentilhomme sot qu'elle n'aimait pas; l'autre est l'enfant de parents scrofuleux; tous deux portent sur leur figure des traits somnolents. On les dirait fils de l'Orgie mariée à l'Ennui.

La décadence d'une nation commence là où finit l'amour pur et sacré. Chaque mariage d'intérêt, qu'on appelle de raison, détruit ou démolit une pierre sacrée de l'édifice. Les parents, il est vrai, ne donnent aux enfants que le corps; c'est Dieu qui leur donne l'âme ! Mais là où n'est pas l'amour à la fois chaste et ardent, là n'est pas Dieu !

XI

Le mariage des peuples civilisés est une consécration que la loi civile et religieuse donne aux lois de la nature.

Les préceptes de la religion pour la maison sont presque toujours des lois hygiéniques. Le chrétien, en effet, qui au nom de la religion reste fidèle à sa femme, non-seulement savoure un bonheur pur et inconnu aux âmes ordinaires, mais encore conserve sa jeunesse et sa santé. L'idéal est le seul conservateur des charmes du corps, et c'est même un des meilleurs médecins que Dieu ait créés.

Pourtant, même dans les pays chrétiens, les devoirs des deux époux ne sont pas tout-à-fait égaux. Les lois sociales et religieuses, si sévères qu'elles soient, ne sont salutaires et ne se font respecter que lorsqu'elles ne sont pas contraires aux lois de la nature.

Dans l'état sauvage même, une femme appartient à l'homme auquel elle s'est livrée. Elle n'est plus digne de devenir la *femme* d'un autre. Elle n'est que son esclave.

La société patriarcale à demi civilisée a forcé l'homme de garder la vierge qu'il a séduite, ou du moins de lui assurer une existence à elle et à son enfant.

Les pays protestants ont maintenu cette loi. En France pourtant il n'existe aucune loi qui oblige l'homme séducteur d'une vierge de lui assurer un avenir pour elle et son enfant, bien qu'en principe notre société civilisée admette qu'une jeune fille ayant connu un homme ne peut plus acquérir la gloire de la vertu conjugale, à moins qu'elle n'épouse son amant.

Le mariage ne consiste donc pas uniquement pour une jeune fille à aller à la mairie ou à l'église. *Toute vierge qui cède à un homme se marie de fait.*

En quittant cet homme elle sera concubine, maîtresse, veuve, divorcée, mais elle ne sera plus femme. Elle peut être riche, élégante, jolie, adorée, enviée, mais elle ne sera jamais heureuse. Elle peut être fidèle à un second homme, de peur d'être punie ou bien parce qu'elle tient à faire honneur à sa parole donnée, mais elle ne le sera pas par *vertu*, car la femme vertueuse ne connaît pas, ne connaîtra jamais deux hommes. Dès que l'esprit de la femme flotte entre deux hommes, dès qu'elle peut faire des comparaisons, cette femme n'a plus de vertu.

De même l'amour d'un homme.

Dès qu'il flotte, qu'il hésite entre deux femmes, ce n'est plus de l'amour.

L'amour de l'homme pour une femme et la vertu d'une femme pour un homme produisent le même effet, c'est-à-dire une fidélité absolue.

Seulement l'amour est passager, tandis que la vertu est éternelle.

Aussi, dans un pays où l'homme n'est pas forcé par la loi d'épouser la vierge qu'il a séduite, ou bien de travailler pour elle, afin qu'elle puisse vivre en femme vertueuse et élever son enfant en mère fidèle, cette vierge trompée a-t-elle *le droit de tuer cet homme* qui lui a ravi, non-seulement l'honneur, mais la vertu, mais le bonheur, mais toute une vie d'idéal et de devoir.

A moins que, magnanime, elle ne préfère rester veuve ou fille fidèle, en oubliant son séducteur et en l'abandonnant au mépris de tous les gens de bien et à la vengeance de la loi divine et logique, vengeance qui s'exécute toujours sur cette terre, si ce n'est sur lui, du moins sur sa famille.

Mais, dès qu'elle se livre à un autre homme, elle n'a plus aucun droit sur son séducteur, car ce n'est plus une femme, c'est une courtisane.

Ceci, ma fille, t'apprend que tu dois préférer la mort plutôt que de céder à un homme, quelque violent que soit l'amour que tu ressens pour lui, à moins que par le mariage cet homme ne t'ait accordé le droit de t'appeler sa femme et de conquérir toute la gloire des devoirs qui sont attachés à ce titre.

Que si cet homme abuse de ta faiblesse et de sa force, soit physique, soit morale, IL T'EST PERMIS D'EN TIRER VENGEANCE, N'IMPORTE PAR QUELS MOYENS, dès qu'il ne t'épouse pas, ou qu'il en épouse une autre.

Et si tu ne te sens pas assez de force morale pour mépriser ce misérable et pour ne jamais appartenir à un autre homme, *il vaudrait mieux mourir* toi-même.

Car il vaut mieux mourir vertueuse que vivre dans la honte!

L'homme dans la vie terrestre n'est que la chenille de lui-même. La mort lui donne des ailes de papillon!

La mort, ne pouvant être qu'un bien, étant universelle, n'est pas le contraire de la vie, mais de la naissance.

C'est forcément, logiquement, une transition, une transformation, une évolution nécessaire, supérieure.

Rien ne se détruit de l'être, sauf ce qu'il détruit en soi-même.

Si tu conserves ta vertu, aucune puissance, fût-elle divine, ne saurait ni t'avilir,

ni t'amoindrir, ni te faire rougir, ni te faire
le moindre mal !

La nature, Dieu lui-même, ne peuvent
rien sur l'homme. Le mal qu'il ne se fait pas
lui même n'est pas un mal.

Une femme ne meurt que par l'impudeur !

Un homme ne meurt que par le déshon-
neur !

<h1 style="text-align:center">XII</h1>

Ma fille, tu vis dans une époque où tout le
monde parle toujours exclusivement de ses
droits, comme si le droit était chose abstraite
et indépendante du devoir. Or, tu verras toi-
même que la société, depuis le pâtre jusqu'au
roi, n'existe que par le devoir et le sacrifice,
et que tout droit jaillit d'un devoir accompli.

Toi-même, tu as des droits. Tu as droit à
la nourriture, à l'habillement et à l'instruction. Tes parents t'ont en effet nourrie, ha-
billée et ont payé des professeurs pour ton
instruction. Tes parents, en cela, ont fait
leur devoir, et c'est parce qu'ils ont accompli un devoir, pénible quelquefois, que tu as

joui de ton droit. A défaut de parents, la société aurait dû les remplacer. En ce cas, l'Etat faisant son devoir, t'eût gratifiée de tes droits. Mais si tes parents ou la société n'avaient pas fait leur devoir, que serait devenu ton droit ? Il n'en eût existé qu'un vain mot. En effet, *le droit c'est le mot, mais le devoir c'est la chose.*

Ne te fais donc aucune illusion : pour jouir de tes droits de femme et d'épouse, il faut d'abord que tu en remplisses les devoirs. Parfois on accomplit son devoir sans que le droit en jaillisse tout de suite. Jamais le droit n'existe de soi ! De même l'arbre, malgré les devoirs accomplis du jardinier, ne produit pas toujours du fruit. Il y a des orages, des grêles qui en détruisent les fleurs, mais sans arbre point de fruit possible ! Si donc tu comptes goûter le doux fruit des droits d'épouse, de femme et de mère, plante d'abord l'arbre du devoir. Sois fidèle quand même à l'homme auquel tu as promis ton amour. Il n'y a pas de prétexte, pas de faute de sa part qui puisse t'engager à manquer à ce devoir. Tu sais maintenant que tu n'es l'égale de l'homme que par la vertu. Quelles que soient donc les fautes de ton mari, même séparée de lui, la vengeance ne te procurera nullement la jouissance de tes droits.

Veux-tu ta vie durant jouir de l'estime générale, au point que tous les hommes, en te voyant, malgré eux et fussent-ils des Don Juan, seront forcés d'honorer ton sexe?

Sois vertueuse? Evite même le moindre soupçon d'infidélité.

Dès que tu auras un mari, si tendre que soit son amour pour toi, il cherchera tes défauts pour s'en prévaloir. L'homme envie peu les qualités passagères de la femme, mais il baisse pavillon devant la vertu qu'il ne possède pas.

Si belle que tu sois, ta beauté n'est qu'un reflet, ta jeunesse qu'une matinée : tout cela s'enfuit comme une nuée blanche.

Mais la vertu dure, non-seulement pendant la vie, mais encore au delà de la tombe!

Tu ne verras jamais un homme faisant l'éloge d'une femme, et disant seulement : « elle fut belle. » mais « elle fut vertueuse. »

Regarde autour de toi les femmes du monde. Comme elles se peignent, comme elles se fardent, comme elles se griment, comme elles se tourmentent pour conserver la jeunesse et la beauté ! Encore un jour ; encore une heure !

Les malheureuses !

A trente ans elles sont vieilles, à quarante ans, elles disparaissent.

Belle vie, qui commence à dix-huit ans et qui finit à trente, tout au plus à quarante ans !...

Mais une femme vertueuse n'a que faire de tous ces brimborions. Elle ne se grime pas, elle ne se farde pas, car elle ne vieillit point, elle ne s'ennuie jamais. A vingt ans elle est aussi sage qu'à cinquante, à cinquante ans elle est aussi jeune qu'à vingt. Toutes les tribulations de la femme du beau monde lui arrachent à peine un sourire. Elle ne connaît qu'un bonheur : faire son devoir ; qu'une félicité : avoir fait son devoir. Ce bonheur, cette félicité durent jusqu'à la mort. Une femme d'ailleurs qui fait son devoir reste même jeune matériellement jusqu'à la mort. Elle est d'abord jeune fille, puis jeune femme, puis jeune mère, puis jeune grand'mère, puis jeune aïeule, puis enfin jeune bisaïeule.

Faire ton devoir, avoir fait ton devoir, c'est assurer les droits de toutes les personnes qui t'entourent.

En aimant exclusivement ton mari, tu n'écouteras jamais les propos menteurs des hommes qui voudraient jouir de tes charmes pour pouvoir se dire « *elle m'aime*. » En cela tu assureras d'abord les droits de ton mari : droit d'amour, de santé, de bonheur, droit de vaquer tranquillement à ses travaux, droit de t'enrichir et d'assurer le sort de tes enfants.

En accomplissant les devoirs d'une mère, tu assures les droits non-seulement de ton enfant, faute de quoi ton enfant ne vivrait pas, mais encore de son père. Bien plus, tu assures les droits de la société, et même de la liberté. Car, si tu trompais ton mari, il te manquerait de respect, et forcément l'enfant, doutant de son père et de sa mère, vous désobéirait et ne remplirait aucun devoir de bon fils ou de fille obéissante. Voilà la révolte, le désordre dans la maison. Bientôt suivra le vice, le crime et la dissolution de la famille.

Il est impossible qu'un être humain manque à ses devoirs sans léser les droits d'un de ses semblables. Un fils insubordonné, une fille licencieuse, entraînent dans leur cercle de vice plus de vingt personnes, et presque toujours le vice est le père du crime. Qu'importe au prochain que l'État lui assure le droit de propriété, si ton fils le vole et gaspille le produit de ses travaux, et que me fait à moi le droit de vivre, si mon voisin m'assassine !

Vains mots !

Tout bien dépend du devoir, et le premier des devoirs est celui de la femme et de l'épouse.

N'avais-je pas raison de te dire que le salut de l'État, que l'existence de l'humanité dépendent de la vertu de la femme ; que sans cette vertu tout se disloque, la maison d'abord, le village ensuite, puis la ville, puis la province, puis la patrie, puis l'univers ! ! !

Aussi n'y a-t-il dans toute la création rien de plus beau, de plus méritoire, de plus sacré qu'une femme intelligente qui, domptant sa nature ardente, brûlante, dévorante, écrasant le serpent de la convoitise, restant sourde à toutes les tentations du luxe et du plaisir, ne vit que pour l'idéal de la vertu, et s'élève au-dessus de la foule, au-dessus de l'homme, au-dessus de son mari, par l'accomplissement de son devoir d'épouse et de mère !

Là est la gloire de l'humanité.

Là est Dieu !

Quand Dieu voulut avoir l'image de son âme,
Il l'essaya dans l'homme et l'obtint dans la femme.

XIII

Connaissant ton esprit de critique, je vais au-devant de quelques questions que tu pourrais me faire, et que, j'en suis sûr, tu as déjà faites mentalement.

Puisque la destinée et le bonheur de la femme la poussent vers la vertu, pourquoi, me demanderas-tu, est-il des femmes non vertueuses ?

Et puisque l'ordre politique et social est basé sur les bonnes mœurs, et que les bonnes mœurs reposent uniquement sur la vertu de la femme, comment, me demanderas-tu encore, se fait-il, que des sociétés existent avec des mœurs corrompues, c'est-à-dire avec des femmes qui, au vu et au su de tout le monde, violent impunément la vertu et profanent le glorieux titre de femme ?

Comment, pourrais-tu ajouter, existe-t-il des gouvernements qui tolèrent ces femmes ou bien qui permettent qu'on les glorifie ?

Enfin, me demanderas-tu en dernier lieu, puisque l'homme n'aime et n'estime réellement que la femme vertueuse, comment se fait-il, que tant d'hommes vivent dans le célibat, avec des concubines ou se ruinent et quelquefois s'entre-tuent pour des courtisanes ?

Je vais répondre, une à une, à tes questions, qui sont en effet des questions vitales.

XIV

Dans l'état naturel de la société la femme infidèle n'existe pas, ne saurait exister. Toute femme, même à l'état sauvage, à moins qu'elle ne soit idiote, a l'instinct moral de la vertu ; car elle devine que la vertu seule la fera aimer et estimer, quand elle n'aura plus ni sa beauté ni sa jeunesse. Même dans une société corrompue toutes ces belles filles qui ricanent à haute voix et qui déchirent à belles dents l'honnêteté, ressemblent à des poltrons qui se mettent à chanter dans une forêt en pleine nuit. Pas une d'elles ne s'applaudit au fond de son cœur. Non-seulement elles se méprisent, non-seulement elles ne recommenceraient pas, si elles avaient à recommencer, mais la plus brave d'entre elles verse à la dérobée des larmes de repentir. En vain ! Une fois déchues, et elles le sont dès la première faute, le bonheur, le vrai bonheur, le contentement de soi même a fui pour toujours, et il ne leur reste que le bonheur négatif de l'expiation.

Dans l'état naturel l'homme et la femme sont destinés à travailler, l'homme au dehors de la maison, la femme au dedans. L'homme, dans l'état de nature, laboure, ensemence et récolte, la femme nourrit ses enfants et soigne les travaux du ménage. Dans cet état, il n'y a pas de courtisane possible. Le vice ne pousse que sur les deux extrêmes de la société : *la misère et le luxe*, c'est-à-dire sur l'absence du travail, soit forcée, soit volontaire.

Mais *la misère et le luxe* même, qui produisent ces désordres n'ont qu'une cause première, source de tous les maux qui rongent la société : *l'ignorance*.

Si la pauvre fille qui cède à un homme avant le mariage, soit faute de travail pour gagner sa vie, soit pour satisfaire sa coquetterie, savait par l'instruction des faits historiques, ou par l'expérience acquise des femmes qui l'ont élevée, que cette faiblesse deviendrait forcément pour elle une source de malheurs, quand même plus tard cet homme l'épouserait solennellement, elle y réfléchi-

rait à deux fois. Mais, dans notre état social,
la fille du peuple n'a aucune notion des devoirs de la femme. On lui apprend bien
qu'en cédant à l'amour elle déplaira à la
Vierge ; que lui importe la Vierge! A dix-sept
ans elle ne tient qu'à plaire à l'homme qu'elle
aime. La Vierge, elle se la réserve pour la
vieillesse ! Non-seulement elle ne connaît pas
les suites physiques et morales d'une faute,
non-seulement elle ne connaît pas les lois phy-
siologiques de la jeune fille et de la femme,
mais elle se flatte qu'elle pourra plus tard
demander et obtenir l'absolution, et que ce
pardon obtenu, elle rentrera dans la loi générale.

Dans notre état social la fille du peuple,
par son ignorance, son manque d'instruction,
son penchant à la coquetterie, penchant que
la société, les journaux légers et surtout les
femmes favorisent singulièrement, est pour
ainsi dire la proie de l'homme, la victime sa-
crifiée sur l'autel du plaisir. Sans ces nom-
breuses victimes, il ne pourrait pas y avoir
tant d'hommes vivant dans le célibat, soit
forcément, parce qu'ils ont gaspillé leur jeunesse dans la débauche, au lieu d'avoir cher-
ché une position sociale par un travail sou-
tenu et honnête, soit librement, parce qu'ils

trouvent plus commode de vivre aux dépens de la misère et de l'ignorance séduite, ou bien au détriment d'un ami trahi (la femme adultère), car tout célibataire, sauf de rares exceptions, trahit ou un père ou un mari.

Donc la pauvre fille du peuple, manquant de travail et d'instruction, ou dont le travail est insuffisant pour la nourrir, cède d'ordinaire à un homme qui lui a promis le mariage et qui l'abandonne. Elle n'est pas la plus forte ; le courage de revenir au bien lui manque ; la loi ne vient pas à son secours parce qu'elle n'a pas cédé à la violence : alors se voyant perdue, et sentant que désormais elle ne sera plus jugée digne d'être épouse, elle s'abîme dans le mal et tire parti de sa jeunesse et de sa beauté.

Il est vrai que si elle était courageuse, elle pourrait racheter sa faute par le travail et par l'expiation, c'est-à-dire par la chasteté. Cela arrive quelquefois, surtout quand la malheureuse femme peut transformer le besoin d'aimer en affection maternelle ; mais la plupart des jeunes filles, je viens de le dire, n'ont ni assez d'instruction sérieuse, ni assez de force morale pour résister à la tentation du moment. Hélas ! la masse des hommes et des femmes manque d'idéal, de force et de dignité.

L'âme pour grandir a besoin de nourriture substantielle aussi bien que le corps. La nourriture de l'âme, c'est la science, l'histoire et la poésie.

L'autre extrême, le luxe sans occupation, n'est pas moins dangereux. Une femme entourée de serviteurs, ne s'occupant ni de son ménage ni de ses enfants, nourris et élevés par des mercenaires, s'ennuiera bien vite et trouvera l'amour de son mari monotone. Car il faut que les hommes travaillent, les uns du corps, les autres de l'esprit, et il faut qu'ils travaillent dans le mal s'ils ne travaillent pas dans le bien. Le travail, c'est la loi organique de la nature divine !

Donc toute femme, si son esprit n'est pas occupé dans le bien, soit dans la maison, soit dans les affaires, soit même dans le domaine de la science et de l'art, est condamnée à tomber, et à tomber irrévocablement, qu'elle lise ou qu'elle ne lise pas de romans, — le livre hâte la chute, mais ne la produit jamais ! — Une femme qui travaille et qui raisonne ne se laissera pas facilement entraîner par un mauvais exemple prêché dans un roman. Qu'on essaye donc de séduire une

femme qui nourrit son enfant, ou qui s'oc-
cupe à gagner honnêtement la vie pour
le faire nourrir. Il faut pour cela que son
esprit soit d'abord corrompu par de faux
principes sur la vertu ; il faut enfin qu'elle
vive dans une société qui honore, respecte
et glorifie les femmes adultères et les courtisanes.

Ce n'est pas alors par instinct que la
femme tombe, mais par excès de cœur. Souvent, mariée sans qu'elle ait su ce que c'est
que le mariage, et mariée à un homme sans
idéal, sans poésie, sans énergie pour le bien,
elle croit, la malheureuse, trouver un homme
dans l'amant qui profite de sa beauté, mais
qui ne saurait l'estimer, puisque l'homme, si
fat qu'il soit, n'estime jamais la femme qui
viole ses devoirs pour lui, puisque ce même
homme épouserait rarement cette femme, si
son mari venait à mourir !

Aussi peut-on être sûr que toute femme
adultère manque de jugement. Trouve-t-elle
le bonheur dans la violation de son devoir ?
Jamais !

Rarement une femme peut cacher son
crime à ses enfants, qui plus tard lui feron.
sentir qu'elle n'était pas digne d'être mère.
La plupart du temps la vengeance n'attend

pas si longtemps. L'amant adoré se marie ou trouve une autre victime plus jeune, plus jolie. La pente du mal est rapide. Bientôt la malheureuse femme abandonnée pleure des larmes de rage et de repentir. Heureuse, si elle peut cacher sa faute et son malheur pour n'être responsable que devant Dieu, et pour ne pas se jeter tête baissée dans le gouffre du vice.

Quant à l'homme, le misérable qui trompe et vole son prochain, souvent son ami, le châtiment l'atteindra tôt ou tard. Il est rare que le bourreau ne devienne pas victime à son tour, même quand il reste garçon.

Bien des circonstances atténuantes militent en faveur de la femme. Il est de jeunes filles mariées malgré elles à des vieillards, à des hommes malades, à des misérables ; mais, crois-moi, ma fille, ces créatures-là sont pour la plupart des enfants de pères ou de mères qui, eux mêmes, ont violé leurs devoirs ou ne les ont jamais connus : car une mère, connaissant le devoir et le mariage, ne vendra pas sa fille à un vieillard ou à un jeune homme corrompu.

Or, le vice étant inévitable dans une société civilisée, à moins qu'on ne parvienne à abolir la richesse et la pauvreté, la société, d'instinct, a créé des lois pour sauvegarder la vertu.

Aucune loi humaine ne peut être faite pour récompenser la vertu.

Si la société récompensait la vertu, elle ne serait plus la vertu. Mais pour que la vertu soit possible, il faut du moins que la loi empêche la glorification du vice, soit par la parole, soit par le fait; car le vice étant glorifié, la vertu est étouffée dans son germe.

Il ne suffit pas qu'on sarcle les mauvaises herbes dans un champ pour faire venir le blé, il faut encore de la pluie et du soleil. Mais il suffit qu'on ne les arrache pas, pour que, malgré le soleil et la pluie, elles étouffent le bon grain.

La vertu n'existe pas parce qu'on poursuit le mal; mais le mal étant poursuivi, la vertu devient possible.

La justice terrestre, qui est négative, ne récompense pas l'homme qui ne vole pas et qui n'assassine pas, mais elle condamne le voleur et l'assassin, et par cela même, elle sauvegarde la vie et la propriété.

Il ne est absolument de même pour le vice en face de la vertu.

Pour que l'honnête femme puisse pratiquer la vertu, IL FAUT ABSOLUMENT QUE LA

FEMME VICIEUSE SOIT, SINON PUNIE, DU MOINS FRAPPÉE DE MÉPRIS.

C'est ce qui a forcé les gouvernements depuis la création du monde à stigmatiser la courtisane et à la marquer du moins par une ceinture dorée.

XV

J'arrive maintenant à la seconde question.

Elle est bien vite tranchée.

Moins il y a d'éléments d'ordre chez un peuple, plus il y a de femmes corrompues.

Et toute société qui transige avec la vertu est exposée à d'horribles révolutions.

Or, qui dit révolution dit anarchie et despotisme, despotisme et anarchie.

Bien plus. Une révolution est toujours un châtiment pour ceux qui gouvernent, et elle n'arrive que lorsque les représentants du pouvoir ont donné l'exemple du vice glorifié.

N'aie aucune pitié, ma fille, de la monarchie française tombée ; elle a violé toutes les lois de la vertu. Pendant des siècles elle a voulu gouverner avec l'adultère glorifié et le concubinage légitimé. Les rois de France, depuis

François Ier et les maîtresses qui ont souillé le trône, ne valent pas la larme d'une ouvrière honnête et vertueuse.

Oui, mon enfant, quand tu vois une société au sein de laquelle la courtisane, la femme insolemment adultère restent dans leurs droits, égales à une honnête femme vertueuse, tu peux être sûre que cette société ne repose sur aucune base solide et qu'elle croulera en moins de cinquante ans !

L'humanité a des lois fixes et inexorables. Une de ces lois est la propagation de l'espèce. Tu sais maintenant qu'elle n'est que l'effet de la vertu, car si toutes les femmes violaient la vertu, elles deviendraient stériles en très-peu de temps, et aucune femme livrée à la volupté sans fin, ne voudrait plus se soumettre aux douleurs maternelles, ni aux soins incessants que l'enfant exige. Toute femme malhonnête déteste l'enfant qu'elle porte dans son sein, et elle le tuerait dans le germe, si la nature, dans sa prévoyance, n'y avait pas attaché l'existence même de la mère.

Arrivons maintenant à la troisième question.

Il est parfaitement vrai, ma fille, qu'il est des hommes qui se ruinent et parfois s'entre-tuent pour ces sortes de femmes. Seulement la plupart de ces hommes, à défaut de ces femmes, se ruineraient pour des chiens et des chevaux, et quand un d'eux est tué, c'est un bon débarras. Ces messieurs, chère enfant, ne *sont* pas, ils *paraissent.* Tout leur *être* est dans leur *avoir.* Si ces femmes étaient reléguées dans un quartier sale et boueux, ils n'y mettraient le pied qu'à minuit.

L'homme a besoin de se faire remarquer, de se distinguer. Ceux qui ont du talent, du cœur et de l'esprit, se distinguent dans le bien. Ceux qui n'ont que de l'argent pour se distinguer sont forcés de se rattraper sur le mal. Il ne faut pas trop leur en vouloir ni les plaindre. C'est en vain qu'on les détournerait de cette voie; la plupart d'entre eux sont incapables de rendre un service réel à l'État et à la société.

On pilerait un sot dans un mortier, dit Salomon, il resterait sot. Ces messieurs s'ennuient quand ils sont chez eux ou seuls avec eux-mêmes. D'ailleurs ils causent rarement. Plus une pensée est haute, plus elle est au-dessus de leur portée. Qu'importe le soleil à la taupe! Rien d'idéal, rien de vraiment beau ne les touche; ils ne recherchent

que les plaisirs et les amis de débauche
pourvu qu'ils soient bien grossiers. Ils cou-
rent donc après ces femmes qui à chaque
sottise, à chaque inconvenance, à chaque
grivoiserie qu'ils débitent, grivoiserie qu'ils
ont lue dans des journaux faits exprès pour
eux, les proclament charmants, spirituels,
irrésistibles, tout en leur soutirant leur argent. Parfois ces drôlesses les poussent dans
les hautes affaires même de l'État par des
voies souterraines, car il y a des sots et des
débauchés partout. Puis ces messieurs possèdent de beaux équipages, de beaux chevaux, et ils parcourent les places publiques
à côté de leurs maîtresses, pour que
le sot qui passe dise : « Voilà un homme
bien riche et bien heureux ! » Le malheureux ! son bonheur consiste à payer un
million quelque chose qui ne vaut pas cent
sous. Plus il paraît heureux, plus il est malheureux. Et s'il a le bonheur que cette créa-
ture l'aime, son malheur est plus complet
que celui de Job.

Quant à la femme, son premier soin, le
lendemain de sa chute, est de se convaincre
qu'elle peut encore être aimée, ne fût-ce
qu'un moment. Rien ne lui coûte pour arriver à cette conviction, car pour elle, être

aimée, c'est un reste d'honnête femme qu'elle compte sauver de son naufrage.

Rarement ces femmes débauchent un homme pour se venger de la société. Elles sont presque toutes trop bêtes et trop matérielles pour songer même à une idée de vengeance, car ce serait encore une idée. S'attacher un homme qui porte un nom honnête, qui se compromet par cette liaison, c'est se donner l'illusion de n'être pas tout à fait déchue, d'appartenir encore par un bout à la société, et plus d'une ne demanderait pas mieux que d'y rentrer, même au prix de grands sacrifices; mais pour elles, rentrer dans la société, c'est être aimée par un honnête homme. Que de ruses, que d'efforts, que de veilles, que de subterfuges, que de tourments pour dix minutes de mensonge!

Ah! chère enfant, si la femme n'était pas honnête par esprit et par vertu, elle devrait l'être par calcul. Il est doux et facile d'être vertueuse; mais il est bien difficile, bien pénible d'être malhonnête. Ces femmes dépensent plus d'activité et d'esprit, quand elles en ont, en un seul jour, pour un moment d'illusion, qu'une honnête femme dans toute sa vie.

De guerre lasse, ces malheureuses s'imaginent quelquefois d'aimer elles-mêmes et de se racheter par leur passion.

Illusion, mirage !

Une femme *qui a perdu sa vertu* ne saurait plus aimer. En vain cherche-t-elle à se tromper, en vain s'écrie-t-elle sur toute la gamme : « J'aime, j'aime et j'aime ! » J'aime qui ? Paul ou Pierre ? Si aimé que soit Pierre, Paul, dans les mêmes conditions, le remplacera très bien ; bien plus, Paul ne fera aucun tort à Pierre. Il se peut qu'une exception, qu'une femme idéale, livrée par le mariage à un homme indigne d'elle, s'attache à un autre pour son esprit et son génie. Mais il faut alors que cet homme égale pour le moins les qualités physiques de jeunesse et de beauté de son rival. Autrement les Saint-Lambert feront toujours tort aux Voltaire (1).

Non, mille fois non. Une femme n'aime bien que son mari, et n'est bien aimée que par son mari. Et son plus grand bonheur

---

(1) Mme Duchâtelet, une des malhonnêtes femmes d'élite de son époque, l'amie de Voltaire, s'est laissée séduire à quarante-deux ans par Saint-Lambert, bel homme très-médiocre et de vingt ans plus jeune que l'homme de génie son ami. Elle est morte en couches à l'âge de quarante-trois ans.

n'est pas d'être aimée, mais d'aimer, car elle a plus besoin d'aimer que d'être aimée.

Aussi le plus grand malheur de la malhonnête femme n'est pas de ne pouvoir plus être aimée, mais de ne pouvoir plus aimer.

Elle passe sa vie à chercher un homme qu'elle aime, et quand elle est bien convaincue de sa chute et de son malheur, elle aime un chien ou un oiseau. Car n'aimant pas et n'ayant pas le bonheur d'aimer un mari, un époux, elle n'aime pas non plus son enfant.

Ce n'est pas une femme, c'est une statue animée.

Le nom de *fille de marbre* est une véritable révélation.

XVI

Ma fille, nous n'avons pas épuisé le problème de nos mœurs publiques. C'est une question de vie et de mort pour toute jeune personne, riche ou pauvre, belle ou laide, française ou étrangère.

Tu vis dans une société où le vice s'étale impunément dans les premiers rangs, sans que la vertu par la loi ait le droit de le faire reculer dans les bas-fonds de la cité, d'où il ne devrait jamais sortir et où la loi ne devrait pénétrer que pour le détruire par l'instruction et le travail forcé. Partout où l'ivraie n'est pas arrachée et retournée en fumier, le bon grain mordu, entamé, tombe et pourrit sur place. Le vice, c'est l'ivraie de la vertu. Tu n'es pas sans avoir vu de ces belles jeunes créatures qu'on appelle : lorettes, cocottes, femmes du demi-monde (car leurs noms varient comme ceux des maladies), se promener en carrosse sur les boulevards, au bois de Boulogne, parfois assises à côté de jeunes gens du meilleur monde. Tu les as vues à l'Opéra, aux Italiens, et on a parlé devant toi de leurs succès, de leurs toilettes, de leurs diamants et même de leurs amants. Tu as vu que certaines femmes du monde élégant imitent leurs modes et parfois leur manière de parler, car le vice ne parle jamais la langue de la vertu, même quand il en prend le masque. Grâce aux défaillances de nos législateurs et de nos lois; grâce aux vices qui ont envahi la presse, le théâtre, la littérature et la société qui fait les mœurs, ces aventurières courtisanes peuvent se targuer d'un bonheur dont une jeune fille vertueuse, fût-elle plus belle qu'elles, mais n'ayant pas de dot, est forcée de se priver ; car on épouse rarement une jeune fille pour sa beauté ou pour sa vertu. Nos jeunes gens riches vivent jeunes avec ces filles légères qu'ils appellent leurs maîtresses, encore un nom qui t'est inconnu, avec lesquelles ils gaspillent leur temps et leur fortune pendant des années, et ne se marient que sur le tard, quand ils n'ont plus ni assez de santé, ni assez de forces pour s'amuser toujours, ou quand leur fortune échancrée a besoin d'être remplumée par une dot qu'ils aimeraient bien mieux, si elle n'était pas accompagnée d'une femme. Il en sera ainsi partout où la loi accorde tous les droits à un célibataire qui ne se marie pas pour remplir les devoirs d'époux, de père et de citoyen ; partout où les jeunes filles et les mères bien élevées répondent au salut d'un de ces drôles et les admettent dans leur société et dans leurs salons. Les jeunes gens moins bien lotis par la fortune et dont l'instruction a coûté beaucoup d'argent aux parents, épousent également des dots, soit pour acheter un établissement, soit pour compléter et faire prospérer un état ou une profession.

Le nombre de jeunes filles qui sont épousées pour leur beauté et leur vertu est très minime. D'ordinaire, elles épousent des hommes vieux ou des veufs ayant des enfants.

Tu le vois, je te peins la société dans laquelle tu es forcée de vivre telle qu'elle est. Je ne te berce pas d'illusions couleurs de rose et qui ne durent pas plus longtemps que les roses : l'espace d'un matin.

Alors tu pourras me dire (et, je te l'avoue, plus d'une jeune fille jolie me l'a dit :

« Pourquoi ne ferai-je pas comme les autres ? Pourquoi me morfondrai-je dans ma petite chambrette? pourquoi me draperai-je dans ma stérile vertu ? pourquoi attendrai-je un prince charmant sous l'orme, qui ne vient que dans les contes de fées ? Et puisque je suis jeune, et puisque je suis belle, plus belle et plus jeune qu'une lorette une telle qui a pour cent mille francs de diamants et un carrosse à huit ressorts, des laquais poudrés et tout un train de jeunes soupirants; pourquoi, en un mot, resterai-je vertueuse, oubliée et malheureuse, quand vicieuse, je puis être fameuse, adorée et heureuse ! »

Ma fille, si jamais j'ai eu besoin de ton attention, c'est pour la réponse victorieuse que je vais te faire. Graves-en chaque parole dans ta mémoire et ne crains pas mes redites, car si je devais ne pas réussir à te

convaincre, non-seulement tu serais perdue
pour moi, pour ta famille et ta patrie, mais
rien dans la vie ne serait plus vrai ni digne
du moindre sacrifice. Le devoir, la vertu,
l'honneur ne seraient plus que des mots vains
et vides. Il n'y aurait plus ni justice, ni gloire,
ni bonheur, il n'y aurait pas de Dieu et
l'homme serait plus misérable que la dernière
des brutes. Ecoute !

La vie d'un être humain est d'ordinaire
de soixante-dix à quatre-vingts ans. La vie
de jeunesse et de beauté pour une femme
est d'ordinaire d'une durée de dix à quinze
ans; c'est l'époque de la floraison.

Or, cette jeunesse, comme toute saison
de floraison n'est pas faite pour jouir. Elle
brille et plaît aux yeux comme la fleur d'un
pêcher et d'un pommier, mais la fleur n'est
pas le but de l'arbre. Si elle ne se changeait
pas en fruit, qui sait même si on la trou-
verait belle. Quoi qu'il en soit, la saison en
est très courte. Cette saison passée, la
beauté ne peut plus exister pour elle-même,
il lui faut son fruit, ou pour mieux dire son
parfum, et ce parfum s'appelle pour la
femme : honneur et vertu.

Même pendant la saison d'éclat, la femme
ne vit ni ne saurait vivre sans honneur,

mais, à coup sûr, sa vie entière, une fois cette saison passée, est une vie de privations et de supplices, si elle n'a pas la considération de ses semblables.

Il se peut qu'une jeune courtisane, à l'apogée de sa beauté, adorée par tous les hommes qui l'approchent, s'étourdisse au milieu d'un monde de plaisirs, d'or et de diamants. Mais ces jours d'orgie passent comme un rêve et un beau matin, dans la force de l'âge et précisément au plus fort de sa raison, elle se voit abandonnée au milieu même de ses richesses par toutes les autres femmes, et délaissée par tous les hommes d'honneur. Tu as dû voir ou du moins tu as dû entendre parler de courtisanes énormément riches, dans le salon desquelles on ne trouve jamais une honnête femme, ni un homme qui se respecte. Même ses domestiques, qu'elle enrichit, la servent mais ne l'estiment pas.

Et comme nulle femme tombée ne perd entièrement la conscience de l'honneur, il est dans la vie de ces courtisanes des moments où elles donneraient tout ce qu'elles possèdent pour redevenir une honnête jeune fille, ou une mère de famille pauvre, mais estimée par sa famille et ses connaissances.

En vain ! l'honneur est, comme l'a dit le

poète, une île escarpée. Une fois dehors, on n'y rentre plus, pas même après la mort volontaire, qui est une grande expiation.

C'est donc une pure folie que de sacrifier quarante et peut-être cinquante années de sa vie, faite pour jouir avec calme et bonheur de tous ses fruits, pour une ivresse vertigineuse et parfois cauchemaresque de quelques années de jeunesse. L'homme et la femme ne récoltent réellement les fruits de leurs labeurs que vers quarante ans, quand leurs enfants commencent à être raisonnables et qu'eux se trouvent en guise de tuteurs et d'appuis entre les parents qui s'en vont et les enfants qui arrivent; deux générations du passé et de l'avenir qui s'appuient et se serrent autour de la génération qui représente le présent. C'est la vraie trinité de l'humanité. C'est l'image chérie et resplendissante de la famille. Hors de là, point de bonheur réel et durable, ni pour l'homme ni pour la femme. Tout le reste n'est que fumée et vertige.

Mais admettons un instant que cette ivresse te tente. Tu n'es pas seule. Des centaines de jeunes filles, cédant à un mouvement d'envie, sans instruction, sans expérience et surtout sans guide, cèdent à ce ver-

tige. Bon nombre d'entr'elles sont dénuées d'intelligence et de bon sens, car le raisonnement que je viens de te faire n'est que du bon sens basé sur l'expérience de tous les jours. D'autres sont affligées du vice de la paresse qui est la mère de toutes les chutes, de tous les malheurs qui fondent sur l'individu. Mais il en est qui ont un faux esprit et un faux raisonnement et qui se disent : « Soit. Cette
» ivresse ne dure pas longtemps. Je ne serai
» pas toujours belle, je n'aurai pas toujours
» des adorateurs qui me paient au poids de
» l'or. Eh bien, quand ce jour-là arrivera,
» à la première ride de ma tempe, quand je
» verrai les hommes être moins empressés
» autour de moi, et mes compagnes de vice
» se moquer de moi, ce jour-là je me tuerai.
» Ma devise est : *courte et bonne !* J'aurai
» joui largement de ma jeunesse et, cette
» jeunesse passée, je renonce à la vie ! »

Remarque bien que je ne te parle pas au nom de la religion. Une personne qui veut se suicider et qui est décidée à mourir ne tiendra jamais compte de ce genre de discours.

Et, de fait, le pouvoir de se donner la mort est la seule supériorité que l'homme a sur la bête. Si le cheval et l'âne avaient ce pouvoir, il y aurait cent à parier que nous n'aurions pas d'omnibus. Si l'homme n'avait pas le pouvoir de renoncer à la vie quand bon lui semble, les forts abuseraient tellement des faibles que jamais les hommes n'auraient brisé les chaînes de l'esclavage. Non seulement tu as le droit de te tuer, mais dans certains cas c'est le premier de tes devoirs. Ainsi si tu te trouvais en face, d'un homme qui voulût abuser de sa force et attenter à ta pudeur, ton premier devoir serait de chercher à le tuer. C'est un cas de légitime défense, et si tu étais trop faible pour le tuer, il ne te resterait que le pouvoir de renoncer plutôt à la vie que de manquer à l'honneur.

Mais, mon enfant, il ne suffit pas de mourir. Il s'agit de savoir si mort on est bien mort. Cela n'est pas sûr du tout, comme tu vas le voir. Et c'est là la question principale. Ecoute encore et ne perds pas un mot de ce que je vais te dire.

Quand tu es venue au monde, tu ne te rappelles pas que quelqu'un t'ait consultée pour te demander : veux-tu, ou ne veux-tu pas naître ? Veux-tu ou ne veux-tu pas devenir une femme ? Veux-tu, ou ne veux-tu pas devenir cheval, âne, poisson, oiseau, serpent, arbre, légume, diamant, marbre ou caillou?

Tu es née malgré toi. Peut-être si tu avais eu le choix, ou tu n'aurais pas voulu naître du tout, ou tu aurais voulu naître homme. Mais le Créateur ne t'a nullement consultée. Tu pourras, une fois née, refuser de vivre, mais, morte, tu ne sais pas si tu resteras morte ou si tu renaîtras ange, homme, femme, cheval, arbre ou caillou. Tu es libre de ne pas vivre. C'est certain; mais tu n'es pas libre de ne pas renaître, ni de choisir la forme sous laquelle tu renaîtras. Ce ne sont pas des hypothèses, ce que je viens de te dire, c'est chose certaine !

Maintenant jette seulement un coup d'œil autour de toi. Tu seras frappée de la beauté et de l'harmonie de la nature. Tu verras également que sans la Justice nulle harmonie n'est possible dans aucun monde. Les hommes ne peuvent vivre ensemble, pas même dans une harmonie relative, qu'autant que la Justice règne parmi eux. La moindre querelle, à plus forte raison la guerre, repose sur l'injustice. Nous ne pouvons même pas imaginer un Créateur une minute sans l'attribut de la Justice.

Tu conviendras aussi que l'homme par la parole, la pensée et la liberté est supérieur à la bête, laquelle bête est supérieure à la plante, qui, à son tour, est supérieure au minéral ; à une condition pourtant, savoir : que l'homme maintienne ses qualités de supériorité et ne les perde pas par des vices que l'animal même ne pratique pas. Un autre fait certain, c'est que l'homme qui a continuellement aspiré à dépasser la supériorité ordinaire de son espèce, par des vertus angéliques, ne peut pas déchoir après sa mort. Pourquoi supposer que la force qui crée et qui décrée soit de gaieté de cœur injuste et qu'elle rabaisse un être, qui par sa volonté et sa liberté, s'est élevé si haut ? Ce n'est même pas pensable. Le Créateur n'aurait pas accordé le libre arbitre à cet être. Car à quoi lui sert sa liberté d'opter pour le beau et le bien et de dédaigner le laid et le mal, si après sa mort une volonté supérieure à la sienne, par caprice ou injustice, pouvait le faire déchoir d'un rang qu'il a acquis par tant de sacrifices et d'abnégation ?? Cela ne se peut et cela n'est pas !

Maintenant appliquons ces vérités à ta situation.

Tu es jeune et belle. Nul jeune homme honorable ne se présente pour t'épouser. Tu ne veux pas devenir vieille fille et tu te dis :

« Je m'amuserai du moins durant ma jeunesse.
» J'aurai des amants et des diamants. Je
» nagerai dans les plaisirs et j'écraserai de
» mon luxe toutes les femmes honnêtes qui
» voudraient me mépriser. Puis, quand je
» commencerai à n'être plus jeune et à
» n'être plus adorée par des hommes et à
» n'être plus considérée, pas même par des
» femmes de mon espèce, je me tuerai ! »

Bien ! Mais sais-tu comment tu reviendras ? Tu peux nier l'enfer et le purgatoire,
ton père n'y croit pas. Mais le néant sur lequel tu comptes n'existe pas. S'il existait tu
n'en serais pas sortie. Si le néant était une si
bonne chose tu y serais restée. Mais diras-tu,
je n'ai pas eu le choix, c'est vrai ! Mais
l'auras-tu mieux et plus facilement le
lendemain de ta mort ? Crois-tu que le Créateur te consultera cette fois-ci, lui, qui ne
t'a jamais consultée ? Et s'il ordonne que tu
renaisses ânesse, lice ou guenon, quelle volonté lui opposeras-tu ? Quelle raison lui
opposerais-tu, même si tu étais consultée ? Si tu t'étais élevée par tes vertus,
tu pourrais, à la rigueur, te plaindre, mais
puisque par sa bonté il t'a créée femme et
belle et que par ta volonté à toi, tu as vécu
une vie d'ânesse, de lice et de guenon,

quelle raison aurais-tu à t'opposer à cet ordre de seconde vie, à cette horrible chute? Tu le vois, « *Courte et bonne* » est une énorme sottise et si tu n'étais pas vertueuse pour plaire à Dieu, tu devrais l'être pour plaire à toi-même et dans ton propre intérêt.

Dans cette vie, ma fille, nul plaisir n'est réel, quand il n'est pas entouré de considération. En ce sens, la voix du peuple est la voix de Dieu. Le mariage est la consécration et la considération de l'amour. Tout autre amour conduit à l'opprobre dans cette vie et à la chute après la mort. Et comme la plus grande somme de bonheur de la vie est dans l'amour, il s'ensuit que le plus grand bonheur de la vie humaine est dans le mariage, qui réunit l'honneur au bonheur. Que si dans la société, par l'injustice des humains et de leurs basses et animalesques passions, ce bonheur est refusé à la vierge, il vaut mieux pour elle y renoncer en restant vertueuse, que de se livrer à l'amour vicieux, qui ne lui donnera aucun bonheur réel sur la terre et qui la rabaissera au-dessous de la brute, après sa mort, qu'elle renaisse ou qu'elle ne renaisse pas!

Paris, imp. V. Fillion et Cie, rue des Martyrs, 18 et 18 bis.

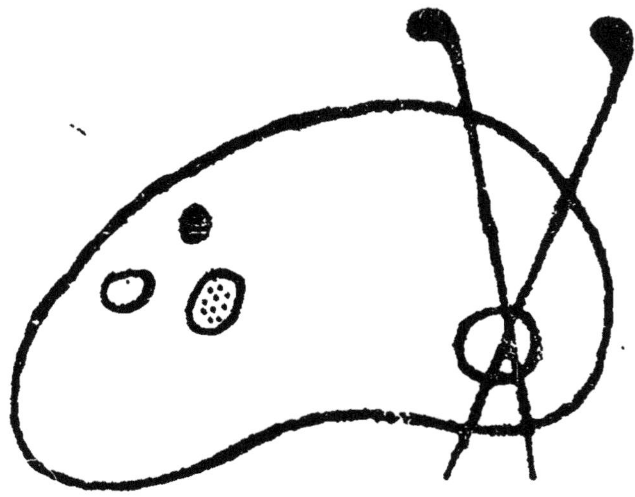

Début d'une série de documents
en couleur

www.ingramcontent.com/pod-product-compliance
Ingram Content Group UK Ltd.
Pitfield, Milton Keynes, MK11 3LW, UK
UKHW020331130726
13696UKWH00003B/1286